四 季

杨 冰◎著

陕西新华出版
太白文艺出版社·西安

图书在版编目(CIP)数据

四季 / 杨冰著. -- 西安：太白文艺出版社，2024.3
ISBN 978-7-5513-2573-8

Ⅰ.①四… Ⅱ.①杨… Ⅲ.①诗集—中国—当代 Ⅳ.①I227

中国国家版本馆 CIP 数据核字(2024)第 018236 号

四　季
SI　JI

作　　者	杨　冰
责任编辑	姜　楠
封面设计	前　程
版式设计	前　程
出版发行	太白文艺出版社
经　　销	新华书店
印　　刷	嘉业印刷(天津)有限公司
开　　本	880mm×1230mm　1/32
字　　数	100 千字
印　　张	7
版　　次	2024 年 3 月第 1 版
印　　次	2024 年 3 月第 1 次印刷
书　　号	ISBN 978-7-5513-2573-8
定　　价	68.00 元

版权所有　翻印必究
如有印装质量问题，可寄出版社印制部调换
联系电话：029-81206800
出版社地址：西安市曲江新区登高路 1388 号(邮编：710061)
营销中心电话：029-87277748　029-87217872

序

诗歌是灵感的画卷,每一首诗就是一幅画。我希望用生动的语言,为亲爱的"你们"描绘一幅幅美丽的图画。真心希望你们能走进我的内心,与我一同感动,一同快乐,一同伤心,一同做梦……穿越时间与空间,遨游"四季"。

这部诗集充满了浪漫主义色彩,精选收录了我的近100首诗歌。诗集内容如其名"四季",字里行间透露着如春天般的初恋与羞涩,如夏天般的热恋与缠绵,如秋天般的萧瑟与思念,如冬天般的冷酷与伤感。当然,还有对人生的思考,家国的热爱以及祖国大好河山的眷恋与赞美,无不渗透着我的步履与情感,譬如描写苏州平江路的

《平江三部曲》:《遇见平江路》《平江花月夜》和《陈国美人》。平江路,宛若一位身材窈窕,穿着旗袍,打着油纸伞从雨中款款走来的江南女子。历史和现代在这里邂逅,古韵和繁华在这里相遇。平江河与平江路相伴相依,亦如千年的恋人。

当我坐在贡多拉上游览威尼斯水城的时候,我能感受到处处弥漫着浪漫的气息。我无法不爱上这里,因此诞生了《叹息之桥》。这首诗,描述了一对恋人,阴差阳错最终生死分离,女方余生都沉浸在对于爱人的无限思念中。那种忠贞不渝的爱情,伟大而不朽。

有些深爱的人虽然早已远去,但你永远无法将她们忘却。她们是藏在你内心深处的那道光,会在你遇到黑暗时照亮你。《姥姥家的红枣树》就是这样一首诗,它表达了我对姥姥深深的怀念之情。

人,生而平等,《上帝的画笔》就是对人独特价值的颂扬,无论你的相貌如何,你的出身如何,你就是你,要自信,要正直,你终究会发光。

世界尚不完美,何况爱情?当你刚刚经历一段甜蜜的爱情，却因无奈而与爱人分离的时候，《海河的夜》那种淡淡的忧伤也许可以疗愈你的心。你会懂得，失去的东西，也许才会更加珍贵。

不知道你在拿到这本诗集时候的状态是怎样的，创作它时，我或混乱，或清晰，或困惑，或醒悟。自那开始，文字成了帮助我记录生活、表达感情、思考人生的伴侣。所以，文中的每一个字，都藏掖着我的心、我的爱、我的灵魂，是我那一刻内心的真实独白。每一首诗，都是世上独一无二的存在，都有一个动人的故事，就像这世上的每一片叶子和每一瓣雪花，都是独一无二的。我想向所有人倾诉我的内心，也想把温暖和光带给你。

我爱我的每一首诗，也爱我的每一个读者。诗人最大的心愿，就是能够遇到读懂他的诗的人。高山流水觅知音，所以亲爱的读者，你是我的知音吗？

真心祝愿你福暖四季、顺遂安康。

杨　冰

2024 年 1 月 29 日　天津

目 录 contents.

四　季	001
白色邮票	003
醉　星	005
海河的夜	007
遇见平江路	013
平江花月夜	017
陈国美人	021
谁是谁	026
最热闹的地方最孤单	028
转身之后	030
你在哪里	032
夜太美	035
一片叶子的平行宇宙	037
落花之舞	040
请别带走这个女孩	042

为什么	045
再见是最好的遇见	047
旧照片	049
贡多拉	051
窗外的白鸽	053
逃走的雪花	055
北国雨夜	057
游园春梦	058
一万万年以后	059
无主的玫瑰	063
宇宙热寂	068
眼中有光	071
诗与远方	073
黑色的斑斓	075
稻草人与鸟	078
海天之恋	081
蒲公英飞呀飞	084
地球的影子	086
上帝的画笔	087
小年念春	090
夏虫语冰	091
带着寂寞流浪	094
你的眼睛	097
烟花璀璨	099
踔厉前行	101
平江花月夜	104

大暑盼秋	105
古　巷	106
海河霓虹	107
再见，大海	108
月色美酒	110
银河春茶	112
稻草人与主人	114
拜托，请留下那枚戒指	117
秋雨落叶	121
不完美才是完美	123
流浪的流星	126
飞盘爱情	129
破碎的镜子	131
那一眼	133
分　手	135
分手良药	137
当风吹过	139
爱情振动	141
孤独的早安	143
遇　见	146
纸飞机	148
抓住那个马尾	150
落叶的树	152
抖音中的我	153
火车人生	154
水中月	156

我想飞	**157**
放　手	**159**
小雨轻轻地落下	**161**
孤独的路灯	**164**
窗外的彩虹	**165**
落　叶	**167**
稻草人的爱情	**169**
左　转	**172**
闪落天使	**175**
流星划过	**176**
流　沙	**177**
幸　福	**179**
月亮上的浪漫	**181**
彩　虹	**184**
风　铃	**187**
相遇就不要错过	**189**
黑色的夜	**191**
夏天的风	**193**
叹息之桥	**196**
邂　逅	**205**
四季之恋	**207**
姥姥家的红枣树	**208**
秋月夜	**210**

四 季

她走了,
就像冬天的雪,
寒彻了我那本来火热的心,
将我的灵魂封印在那万丈冰层之下,
让我无法言语,
让我无法呼吸。

你来了,
就像春天的雨,
融化了我那冰冻的心,
汇成涓涓细流,
流向花前,
流向月下。

你笑了,

就像夏天的风,

炙烤着我那刚刚萌动的心,

激情燃烧着灵魂,

血液沸腾着,

就像汹涌的潮水在血脉中激荡。

你哭了,

就像秋天的落叶,

无助地洒落在我的整个世界,

那凌乱一地的黄叶,

就像坠落红尘的点点流星,

转瞬即逝,

带给我一丝丝凄凉,

带给我一丝丝伤痛。

白色邮票

雪花,
一片片,
从天上落下,
那是远方的人儿寄来的一枚枚白色邮票。
邮来的,
是思念,
是悲伤,
还是爱恋?

落在身上,
被心中的爱火融化成泪水,
是苦涩的泪水!
是甜甜的泪水!

落在地上，

凝结成冰，

将那爱与恨交织的回忆，

永久封存在这大自然的邮册里。

醉　星

夜色深，

如一瓶陈年老酒。

夜愈深，

酒愈醇，

情愈浓，

人愈醉。

醉了天上的星星，

朦朦胧胧，

摇摇欲坠。

金星失足，

醉落凡尘，

化作谪仙。

又续酒贪杯，
与明皇开怀对坐，
推杯送盏，
吟诗作赋，
还欲腾云摘星，
只为惹贵妃一笑。

一时间，
天上流星雨下，
划破夜空，
玉环果真嫣然，
万花盛开。

谪仙把酒问天，
酒却醒了一半。
月依然，
星恍然。

于是黯然神伤，
曰：举头望明月，
低头思故乡。

海河的夜

海河啊!

这多情的夜,

月亮露出妩媚的笑容,

被弥散在空气中的荷尔蒙驱动着,

缓缓旋转的天津之眼,

温柔地注视着你和我,

手挽着手,

漫步河边,

四目相对,

依依不舍。

我紧紧地拥你入怀,

就像,

那海河紧紧拥抱着,

闯入怀中,

一脸娇羞的圆月。

我拉着你的手,
飞奔向那码头,
你的马尾,
随风快乐上扬,
身后甩落一串串,
你铜铃般的笑声。
在游轮上,
慢慢放开蒙上你双眼的手,
我说,
今天,
是你的生日,
快看那边!
刹那间,
海河上空,
烟花漫天,
璀璨,
浪漫。

你脸上绽放出幸福,

然而,

很快,

一丝难以察觉的忧郁,

悄悄地爬上了你那清秀的眉梢,

略带哽咽着,

你说,

明天起,

请您,

照顾好自己!

我说,

待那烟花散去,

我就放开你的手,

放你自由。

哪怕这会,

瞬间推我入牢笼,

那用甜蜜的回忆编织而成的,

痛苦的牢笼。

因为,

我只要你幸福,

幸福。

我只要你,

脸上时刻挂着开心的微笑,

那个你初见我时的微笑,

甜甜的,

纯真的微笑,

因为,

这,

才是当初我决定与你牵手的初心。

你傻傻地看着我,

泪珠,

晶莹剔透,

缓缓滑落芙蓉。

然后,

用你纤细的手,

慢慢地,

慢慢地把马尾散开,

散开。

那蓬开的长发,

就像盛开的花瓣,

散发着迷迭香的气味。

我早已不知道,

自己身在何处,

要去向何方。

我只知道,

此时,

此刻,

你,

就是我的全部,

宇宙的全部。

我用手轻轻地,

轻轻地,

撩开你的发丝,

就像拨开云雾,

只为再一次清晰地看着你美丽的容颜,

只为再一次沉沦于你迷人的眼睛。

这时,

云中飞出一只,

洁白的海鸥,

如流星般,

划过蓝色星空,

掠过明月,

穿梭于正在散去的烟花迷雾,

仿佛在花丛中翩翩起舞,

然后,

勇敢地,

俯身,

飞向那海河,

亲吻,

河中的月亮,

激起阵阵涟漪……

遇见平江路

(为苏州平江路所作的《平江三部曲》之第一部)

温柔的平江河,
夜色多么撩人,
船儿在姑苏船娘悠扬的歌声中摇曳前行,
穿梭于幽暗的河流。
一座座古老的石桥啊,
好似一圈圈朝代的年轮,
又像是一个个沉睡的钟表。

河边忽然飘来了婉约软侬的评弹小调,
霎时间拨动了我的心弦,
也倒拨了钟表的时针,

船头泛起涟漪,

是时空晕圈,

将时光回溯,

从明清到宋元,

从汉唐到吴国。

我仿佛看到,

穿着不同朝代服饰的一对对男女,

十指相扣,

在桥上向我招手,

向我微笑。

那一座座石桥啊,

又像是一枚枚浪漫的戒指,

戴在了那些恋人的心上。

小调婉转,

时光拉回。

那斑驳的老墙上,

静静地悬挂着的灯笼,

映红了旁侧的平江路。

遇见!

这河与路,

是多么奇妙的平行时空啊!

河流与人流,

数千年的旧时光与熙熙攘攘的新光景,

都相伴着偎依前行。

那平江路上灯光璀璨,

一个梳着马尾的娇妍女生,

被船娘的歌声打动,

小跑过来,

好奇地凝视着我们,

美目流盼。

一个声音顿时在我的心底响起,

你好,

可以邀你上船吗?

在今夜,

在这平江河上,

成为我的画中人,

和我一起描绘新的画卷,
好不好?

船儿摇曳,
迷失在石桥洞下,
那羞涩的圆月中。

平江花月夜

(为苏州平江路所作的《平江三部曲》之第二部)

平江路上,
夜色朦胧,
一缕醉人的春风拂过,
游人微醺,
花开一树。
一轮明月,
被树冠上那一簇簇粉色的花儿吸引,
俏皮地跑过来,
藏在花簇中,
宛然成了花蕊。

花丛中的月儿,

更加明亮可人,

月色中的花儿,

更加馨香娇艳。

一个梳着马尾的女孩,

驻足在那里,

宛若一朵含苞待放的荷花,

清秀而高洁。

她抬头望着那漫天繁花,

伴着灼灼明月,

天使般的眼睛里,

绽放着惊喜与迷人的光芒。

而我,

偷偷地藏在旁边,

悄悄地,

悄悄地看着她。

任凭平江河,

在身后,

波光粼粼,静静地流淌。

任凭平江路,

在身前,

人来人往,熙熙攘攘。

心中忐忑,

我是否应该过去和你打个招呼?

以便不让这美丽的邂逅变成那遗憾的错过,

或者,

为了不打扰你,

我就应该老实地待在这里,

静静地,

静静地,

任凭时间溜走,

等待着错过,

和那一丝丝心痛的遗憾,

成就一种所谓高尚的邂逅?

上帝啊,

请快告诉我,

究竟,

哪一种,

是我的宿命啊?

时光凝固,

转眼,

春风送来了一曲评弹小调,

拨弄了我的心弦。

刹那间,

勇敢的,

月色如雨,

柔柔地,

柔柔地洒落在花瓣上。

从梦中醒来的花儿,

轻轻地,

轻轻地吻了吻贸然闯入怀中的月儿。

银色的月儿顿时染上了,

一唇爱的印记,

羞涩而绯红。

陈国美人

(为苏州平江路所作的《平江三部曲》之第三部)

Hi,
那个,
来自陈国的美人,
你在吗?

河边的石凳上,
一株桃树,
恰到好处地将你我隔开,
又仿佛红娘,
将你我牵连,
花香弥散,

传递着我们彼此深藏心底的爱恋。

身后,
温柔多情的平江河,
遇见,
繁华的平江路。
而我,
遇见了你,
那梦中萦绕已久的姑苏美人,
夜色中,
如天使般突然降临,
更能读懂我,
你这,灵魂的共鸣。

Hi,
陈国美人,
我想带你,
上那悠荡的小船,
在评弹小调轻抚的河面,
掀起爱的波澜。

Hi,

陈国美人,

我想和你,

在春雨中,

紧紧依偎,

静静等待,

那桃花缓缓落下,

粉色的芬芳,

沁满整个世界。

不过,

一切,

只能存在于幻想之中,

因为,

时光终究不能倒流,

谁让我姗姗来迟?

澎湃的纯情爱意,

终究让位于,

那可恶的理智,

只留下,

一个名字,

我的名字。

Hi,
陈国美人,
我们在这个时空相遇,
又注定要在这个时空错过。
但,
我已经满足,
多巴胺已经掀起了惊涛骇浪。
每个细胞都在陶醉地唱歌,
每根神经都在疯狂地跳舞。
只因为,
我们已经相遇,
只因为你笃定地说,
会有跨越时空的讯号!

我期待着,
那个来自未来的你,
送来的光,
各种复杂的感情交融在一起的,
目光,

欣喜、遗憾，

抑或冷静如水的依恋。

Hi,

陈国美人，

我已实现了当初的诺言，

而你，

又在哪里？

Hi,

陈国美人，

那个未来的你，

在吗？

谁是谁

你是谁?
我又是谁?
你我不同,
来自不同的地方,
有着不同的面貌,
说着不同的话语,
过着不同的生活。

在茫茫人海中,
你我可能一辈子不见,
或者擦肩而过,
或者有过短暂的缘分,
无论怎样,
似乎,

命中早已注定，

你就是你，

我就是我，

你我不同。

然而，

可曾想过，

也许，

你是我，

而我却是你。

你是另一个时空的我，

在那个时空为我书写我的另一个故事。

而我，

就在这里，

替你描绘另一幅人生画卷。

谁是谁？

你就是我，

而我，

就是你。

最热闹的地方最孤单

世上有些事,
就是这么奇怪,
台风这么暴虐,
可台风中心却那么平静。
天上的银河,
星光灿烂,
但是,
银河中心却是无尽的黑暗。

独自一人,
漫步于这熙熙攘攘的江南古巷,
忽然发觉,
情人们成双成对,
浪漫偎依,

而自己形单影只,

不觉间,

无尽的孤独涌上心头。

世上,

果然是,

最热闹的地方最孤单。

转身之后

转身之后,
是时空隧道,
关闭了过去,
打开了未来。
再无花前月下的羁绊,
再无呢喃缠绵的溺恋。

转身之后,
便放过了自己,
便宽恕了过往。
眼不见花,
花便不会枯萎凋谢,
眼不见叶,
叶便不会随风飘零。

转身之后,

有的,

只是对未来的期许,

有的,

只是对梦的追寻。

转身之后,

天,

便晴了。

你在哪里

你,

在哪里?

像一个美丽的梦,

梦醒了,

你却不见了。

你,

在哪里?

我匆忙地跑到河边去追寻你的足迹。

还好,

你还在这里,

碧绿的水面还静静地倒映着你的倩影。

随风摇曳的柳叶间,

还回荡着你铜铃般的笑声。

你,

在哪里?

像一首优美的曲子,

曲子弹完,

你却消失了。

我发疯似的奔向海边去寻觅你的身影。

还好,

你还在这里。

灌木丛中还藏掖着你捡来的石头,

你说,

这是我们的永久。

在夜幕笼罩的小船上,

萤火虫翩翩起舞,

那微弱闪烁的光,

映出了你的笑妍,

羞涩而绯红。

你说,

这是我们的希望。

可是,

现在,

你究竟在哪里?

为什么我视线中的你逐渐模糊?

还好,

我的嘴唇,

还残留着你的一点点发香,

那香气,

倔强地指引着你的方向。

原来,

你,

还在我的心里。

夜太美

白天,
色彩鲜艳,
却让人眼花缭乱,
我更喜欢这黑白胶卷式的夜色,
那是让人怀念的旧时光的颜色。

夜太美,
因为黑色带来一种宁静,
宁静得让心也平静下来,
终于看透,
一切都是云烟,
一切皆可放下。

夜太美,

没有夜的黑,
怎么能看到星光的璀璨?
又怎么能享受月下的浪漫?
没有夜的黑,
我怎么敢第一次挽你的手?
我又怎么敢第一次吻你的唇?

夜太美,
黑色的夜遮蔽了双眼,
但我们终于学会,
用心去凝视这个世界。

突然发现,
原来,
黑暗竟是一种光,
它能照亮我们的心灵。

一片叶子的平行宇宙

究竟什么是生命的价值?
一阵微风拂过,
一片枯黄的叶子从树上飘落。

一个诗人看到后,不禁赞叹:
"多美啊!秋意凄绵!
看!生命是多么短暂!
世上的一切就如这片叶子一般飘零无常!"

一个农民看到后,不禁龇牙一笑:
"嘿嘿!这样的叶子,
多一些才好!
可以拿回家当柴火烧!"

一对热恋中的情侣看到后,
男生捡起落叶,
深情地对女孩说:
"我爱你!
因为,你就像这片叶子,
在我心中是独一无二的。"

一个科学家看到后,兴奋地拿起来,
仔细地端详,突然喊道:
"嘿!这,这就是我一直找的那种神秘的叶子!
我要拿回实验室去研究,
看看有什么新发现!"

而叶子,在平行宇宙中,
静静地观察着自己的不同命运,
以及人们对自己不同的看法。
它傻傻地问自己:
"究竟哪个才是真的?
才是属于我真正的归宿?"
他百思不得其解。

一个声音突然在耳边响起：

"哪一个都是，

哪一个又都不是。"

落花之舞

你娇艳一生,
博得万千宠爱。
你香飘十里,
惹得众生陶醉。
无数的恋人,
在你粉色的臂弯中卿卿我我。
无数的诗人,
在你迷人的倩影中轻吟低诵。

怎奈时光匆匆,
萧瑟的风,
似无情的匕首,
割断了你与母体的脐带。

落下!

奔向黑暗的土地。
在生命的最后时刻,
你凝望着这个世界,
是如此地留恋,
但你更关心的是如何离开。

那就为这个世界跳最后一支舞吧!
那桃花,
如雨般纷纷落下,
又随风在空中,
跳起了华尔兹。

你倾尽所有,
只为用生命书写最美的画卷,
为生命画上一个完美的句号。
终于,
梦圆了。

你,
凄美了世界,
艳绝了世人。

请别带走这个女孩

请别带走这个女孩,
你只看到了她的美丽,
而我,
却看到了她的善良与纯真。

你只知道她喜欢鲜艳的花朵,
肆无忌惮地带她去花园里漫步,
而我,
却知道她对花粉过敏而要她远离她最爱的鲜花。

你只知道她喜欢看电影,
而我,
却知道她喜欢看电影时躺在爱人的怀里,
还要和爱人十指相扣,

因为她喜欢温暖的浪漫。

你只知道她爱吃鱼,
而我,
却知道给她买鲈鱼,
怕刺多的鱼扎到粗心的她。

你只知道她喜欢吃外卖,
而我,
却经常做饭给她吃,
因为只有我知道,她的胃不好。

你只知道她喜欢旅游,
而我,
却知道一定要带上药,
因为她有严重的哮喘,
而她经常忘记。

请别带走这个女孩,
我知道,
她是真心喜欢你,

而我,
却担心你会伤害她。

请别带走这个女孩,
你是非常非常喜欢她,
可你知道吗?
我,
却是深深地,
深深地,
爱她。

千万,
请别带走这个女孩,
除非,
你能牢牢地记住我的话,
每一句话。

为什么

为什么,
月圆之后,
便要开始残缺?

为什么,
花开最艳之时,
便要开始枯萎凋落?

为什么,
爬上峰顶之时,
便要开始沿阶而下?

为什么,
白日里最耀眼之时,

光线开始逐渐暗淡?

为什么,
一年中最繁华的盛夏之后,
便迎来萧瑟荒凉的冷秋?

为什么?
究竟是为什么?

再见是最好的遇见

再见吧,

我的爱人!

最好永远不再相见,

让我们把回忆封存,

夯上厚实的土壤。

这样,

禁锢的心灵反而能得到解脱,

就像土壤上开出了花朵。

再见吧,

我的爱人!

最好永远不再相见!

再见,

才能遇见美好的未来!

再见,

才能遇见更好的彼此!

再见,

才能遇见更值得珍惜的回忆!

看,

天边的那道彩虹!

只因为,

和风雨再见,

她才能出现!

再见,

是最好的遇见,

再见,

最好永远不见!

旧照片

玻璃柜的角落里,
旧照片,
静静地散落着。

像是,
激昂高亢的琴曲终了,
余音却还在耳边萦绕。
那一串串悦耳的音符啊!
勾起了那些凌乱的回忆,
那一段段属于我们的,
感伤而美丽的回忆啊!

又像是,
汹涌澎湃的潮水退却后,

遗忘在沙滩上的海贝。
那一枚枚五彩的海贝啊！
讲述了我们的一个个故事。
那多彩而动人的故事啊！

好想，
用那一串串音符作线，
将那些散落的海贝，
串成项链，
亲手戴在你雪白的颈上。

真心期待着，
你还能记得，
我们的那些过去的，
美好。

贡多拉

还记得吗?
贡多拉,
是被夜幕染成黑色的月牙儿,
载着你和我,
任由船夫悠扬的歌声牵引着,
在中世纪的油画中自由穿梭。
画卷逐渐展开,
掠过,
那皱纹一样斑驳而又多彩的老墙,
还有每一扇窗户上那静静绽放的,
一朵朵鲜花。

看,
那叹息之桥,
诉说着千年的爱情传说!

那对生死离别的恋人，

多么想，

再多看对方一眼。

此刻，

我已迫不及待地搂你入怀。

因为听说，

在这里，

恋人们只要彼此亲吻，

爱情就会，

永远。

黑色的月牙儿，

在时间的河流中继续游曳前行，

但它已迷失了方向，

一会儿驶向了那迷人的过往，

一会儿驶向了那神秘的未来。

黑色的月牙儿，

载着我们甜蜜的爱情，

消失在，

威尼斯的迷雾中。

窗外的白鸽

咕咕,

窗外的白鸽将我从迷惘中叫醒。

我急忙打开窗,

它却扇扇翅膀,

飞走了。

你是有什么话对我讲?

是你捎来的口信?

又为何它头也不回地飞走了?

亦如当初头也不回离开的你。

拜托,

请不要纠结,

那难以理解的纠结,

让我更伤心。
拜托,
请不要难过,
那种莫名的难过,
让我更痛苦。

麻烦叮嘱你的白鸽,
可以随时飞到我的窗弦,
但请千万不要,
再用那歌声,
来轻叩我的心弦。

逃走的雪花

雪花儿,
随风静静地飘,
阳光中那样地晶莹剔透,
好美。

我禁不住伸出手想去轻抚她,
可是,
她逃掉了。
唉,
她不知晓我的心,
否则,
为何会滑落,而没有任何留恋?

哦,

也许我错了,

她真的是怕自己的寒冷,

冻伤到自己的心上人。

可是,

她却又真的不知道,

她的寒冷,

反而能温暖一个男孩儿的心。

北国雨夜

江南烟雨潜入夜,
银河星光落凡尘。
月色朦胧心阑珊,
夏风袭扰意迷沦。

游园春梦

春溢长虹园,
玉环试霓裳。
红舫侧绿柳,
流水潺潺欢。

一万万年以后

一万万年以后,

世界是荒无人烟,

还是生机勃勃?

是否人类早已离开地球,

甚至离开太阳系和银河系?

我想问问他们,

背井离乡是否真的难以释怀,

还是新的星球,

早已让他们乐不思蜀?

不管怎样,

好希望他们拍一张离家时的地球照片,

用时光机传真给我,

那最后的回眸。

一万万年以后,

世界可还有我?

或者我的影子?

我爱的人在哪里?

爱我的人又在哪里?

如果没有爱,

存在又有什么意义?

如果爱能长存,

一万万年也不过如此。

一万万年以后,

可还有人会轻吟我的诗篇?

哪怕只有一个人,

还能被我的一首诗,

甚至一句诗,

感动,

人生足矣。

一万万年以后,

是否还会有女孩儿,

从我的诗歌中,

充满了对美好的幻想?

哪怕只有一个女孩儿,

只有那么一次,

我心慰矣。

一万万年以后,

我们是不是成了,

一堆会思考的数据?

一些虚拟人?

一些机器人?

如果失去了荷尔蒙的冲动,

爱人的发香,

如何带给诗人那泉涌的灵感?

所谓的诗与远方,

难道只剩下了远方?

一万万年以后,

希望那时的我们依然,

会撒娇,

也会疼人,

会心痛,

也会开心,

会流泪,

也会微笑,

会恨,

也会爱。

那才是,

真正的人生。

无主的玫瑰

听说你要过来,
早起去了花店。
三年未去,
店主的表情有些疑惑,
又有些许惊喜,
气氛略显尴尬。

从一大簇玫瑰花中挑出了十五朵,
代表爱你的第十五个夏天。
被我选中的玫瑰花纷纷仰起头,
骄傲地对其他的玫瑰花说,
再见,我的姐妹们。
从此以后,我便有了主人。
她们在羡慕的眼神中被穿上漂亮的粉色公主裙,

还被戴上叫满天星的绿色宝石项链。

玫瑰姐妹们被精心安置在门口的柜子上,
十五张红色的小脸笑盈盈地对着门缝,
等待着她们的主人,
忐忑着,
兴奋着,
亦如坐在沙发上的我。

屋里安静,
只有挂着的标有罗马数字的欧式钟表,
在嘀嘀嗒嗒,
还有我的心跳,
在怦怦怦怦。

馥郁的玫瑰花香,
弥漫在房间的每一个角落,
也亲吻着我的嗅觉神经,
召唤出一帧帧藏在心底的回忆,
往昔的你,
怀抱着一大束玫瑰在开心地傻笑,

还有你那俏皮撒娇的嘟嘴……

嘀嗒嘀嗒,

我从迷幻中突然苏醒。

房间仍然安静,

时间在无情地流逝着。

十五朵玫瑰花,

失望地看着我,

仿佛在问,

我的主人呢?

我的主人呢?

然后她们呆呆地凝望着门,

仍在期待着奇迹的出现。

钟表继续嘀嗒嘀嗒,

紧闭的大门,

似乎在冷漠地笑。

无主的玫瑰,

逐渐失望、绝望,

她们转过头看着我,

是委屈?

是怜悯？

还是心疼？

那种眼神，

让我不知所措，

又有一丝莫名的感动。

随着时光的飞逝，

十五个姐妹慢慢枯萎，

甚至开始凋落。

我匆忙地把她们小心地收集起来，

做成标本，

放在你最爱的花瓶中。

于是，

这些无主的玫瑰们终于有了主人，

她们的主人，

是我记忆中的你，

往昔的你，

无比美好的你，

或者说，

是我对你的爱。

玫瑰花干枯了,

却格外地美丽,

格外地骄傲,

而且再也不会凋零。

就像,

被赋予了永恒的生命。

亦如我们的爱情,

虽然停在了那一刻,

却永远,

不会逝去。

宇宙热寂

生命如繁花般美丽,
但亦如繁花般易逝,
然而在生生灭灭中,
生命在顽强地迭代,
直到那一天的来临。

数万亿年后,
宇宙迎来了那恐怖的热寂,
再也没有七彩的朝霞,
再也没有璀璨的星空,
花儿不再芬芳争艳,
鸟儿也不再鸣啼飞翔,
无处不充斥着地狱般的黑暗与寒冷。

骄傲的人类,

早已不知所踪,

再也听不到婴儿的啼哭,

再也听不到爱人的呢喃,

再也听不到老人的叮咛。

只有寂静与寂静相伴,

这,注定是一段向死而生的旅程。

如果没有明天,

那么,今天还有何意义?

我们的生命到底有何意义?

也许,

看看那每一片随风飘落的桃花,

你就知道答案了。

快看吧,

哪一朵桃花不是微笑着离开?

因为,她们有幸来过这个世界,

享受过这里的美好。

更重要的是,

她们,曾经是这个美丽世界的一部分。

不可或缺的一部分,

独一无二的一部分。

或许,

黑暗的终点,

正是另一个宇宙的光,

照射的方向。

我猜,

那里,

一定有,

更美丽的彩虹。

眼中有光

眼中有光,
才能驱散黑暗,
驱散阴霾,
驱散魑魅魍魉,
照亮前行的路。

眼中有光,
才能明辨是非善恶,
才能从茫茫混沌中找到对的人,
一起前行。

眼中有光,
才能带来温暖,
温暖自己,

温暖别人,

温暖整个世界。

眼中有光,

才能行动坚定,

无所畏惧,

勇往直前。

眼中的光,

折射的是人的心灵,

能将她点亮的,

只有爱!

诗与远方

我要写一首诗,
送给远方的她,
祝她一切安好,
告诉她,
我依然记得,
她夏天般的微笑,
和春天般的眼睛。

我要写一首诗,
送给远方的自己,
告诉他,
要勇敢。
因为黑暗是光明的种子,
而夜晚的远方就是黎明。

我要写一首诗，

化身一道光，

送给所有躲在黑暗角落里瑟瑟发抖的人，

给她们温暖，

照亮她们前行的道路，

帮助她们走向远方。

我要写一首诗，

给一万万年后遥远的未来，

请记得，

我们来过！

我们痛过！

我们爱过！

更要记得，

比我们快乐！

比我们幸福！

黑色的斑斓

黑色总被人厌恶,

单调,

恐怖,

丑陋。

可你知道吗?

黑色是这个世界最斑斓的颜色。

黑色的眼睛让你看到世界的多彩,

看那蝴蝶飞舞,

看那彩云飘飘。

黑夜才能让你安静地入眠,

给你带来七彩的梦。

太阳的黑子带来了太阳风,

让你欣赏到那无比绚丽夺目的极光。

黑色的乌云带来倾盆大雨，

才会有雨后彩虹。

黑夜里才能看到，

星光璀璨，

月光如水，

流星划破长空。

你们眼中黑色、冰冷而且丑陋的石油、煤炭

和钨丝，

燃烧后，

却能发出耀眼迷人的光芒，

并释放出惊人的能量，

照亮和温暖整个世界。

黑色的铅笔和墨水，

却能绘出传世的画卷，

写出震动寰宇的典籍，

还有那令人陶醉痴迷的故事。

黑天鹅，

那被誉为最美丽的天鹅，

一生只有一个伴侣,

有着世人称颂的那忠诚、高贵与永恒的爱情。

黑色,

神秘的黑色,

我是如此为你着迷。

黑色,

浪漫的黑色,

我是如此为你倾倒。

稻草人与鸟

鸟儿,
他们说,
我是麦田的守护神。
因为,
我阻挡了你——
他们眼中的贪婪的使者。

然而更多的人在说,
是麦田赐予了我生命。
因为没有麦田,
就没有我存在的意义。

我想说,
鸟儿,

我的生命其实是因你而生。
因为人类想阻止你的侵袭,
才被迫创造了我。

在这辽阔的金色海洋中,
只有你与我终日相伴。
我好羡慕你,
可以自由自在地在蓝天飞翔。
而我,
一生都被困在这里,
这是我人生的起点,
也是我人生的终点。

还好,
能时而听到你为我讲述外面世界的故事,
那美妙的故事。
下雨时,
来我的草帽下避雨吧!
夜深时,
我再伴着你的歌声入眠!

鸟儿，

记得啊！

我的脚下，

还散落着几颗偷偷为你藏掖的饱满的麦粒。

感谢你这一生的陪伴。

麦子熟了，

人类赋予我的使命也完成了，

也到了离开的时刻。

亲爱的鸟儿，

感谢你赐予我的生命，

和这一生的幸福陪伴。

希望你，

能在离开我之后，

一直快乐地飞翔！

海天之恋

你是蓝色的,
我也是蓝色的,
就像穿着情侣装的男孩儿和女孩儿。

我喜欢晨曦,
只因为,
那时的你最美,
那张泛红的脸庞,
多么娇羞动人。

你好温柔,
用微风轻轻抚摸我的面颊,
用海燕的柔声燕语来传递你的心意,
让我心神荡漾,不能自已。

但你偶尔也会伤心,
也会梨花带雨,
泪水洒在我的心上,
我便在狂风中汹涌澎湃,
以此来忏悔我的过错。

还好,
总会雨过天晴。
那道彩虹,
就是你重新绽放的迷人的微笑。

我常常抬头慨叹,
你是如此遥远而不可及,
也许此生再无牵手机会。
你却莞尔一笑,
神秘地指着前方说,
亲爱的,看那边!

哦,
看啊!

那远方!

在那无尽的远方,

你和我居然融为一体!

成了一条线!

你成了我,

而我成了你!

原来,

时间和距离是我们的朋友,

在时空的尽头,

我们终于在一起。

所以,

我的爱人,

就让我们前行!

前行!

前行!

蒲公英飞呀飞

蒲公英飞呀飞,

飞越那耸峻的高山,

飞过那湍急的河流。

小小的蒲公英啊!

你要飞到哪里啊?

你要飞到哪里?

为什么连方向都没有的乱飞?

哦,蒲公英,

对不起,

我错了。

原来,

风的方向就是你要前行的方向。

那轻盈的风,

是我对她深深的思念。

哦,蒲公英,

对不起,

我错了。

原来,

这世界的任何方向都是你要前行的方向。

蒲公英飞呀飞,

你快快些,

快快些,

带上我对她的思念,

带上我们的梦想,

将那爱的种子撒向整个世界,

这世界的每一个角落!

地球的影子

黑夜!
怕什么?
亲爱的孩子,
你看,
那惊艳的日食是月球的影子!

而这黑色的夜,
不过是地球的影子。
她就像地球母亲的羽翼,
将你揽入怀中,
带给你温暖和安全感,
让你带着甜蜜的微笑进入梦乡。

上帝的画笔

所谓的丑与美,
一切都出于上帝的画笔。
但你不知道的是,
上帝其实有两支画笔。

一支,
描绘你的外表,
或丑或美。
但,
那只是世俗的偏见。
而在画师那里,
没有标准,
那只是灵感而已,
随性,

洒脱,

浪漫。

实际上,

每一幅画,

都是他心爱的创作,

凝聚着他的智慧,

他的心血。

在他看来,

每一幅画,

都独一无二!

而任何人,

对自己的卑微,

或对他人的诋毁,

都是在愚蠢地挑战,

画师的能力,

甚至,

他的品格。

而另一支画笔,

则描绘你的心灵。
或丑或美，
或善或恶，
在笔尖流淌，
变幻。

他说，
我落笔之始，
一切皆善，
但剩下的交给时间，
和你自己。
愿你一直如初心般，
善良，
美好。

小年念春

春已近,冬欲远,天却寒,如何?
料峭北风留不住,瑞雪唤春春始来,如是!

夏虫语冰

他们说,
夏虫不可语冰,
语气,
带着轻蔑与嘲笑。

可是,
我见过那个世界啊!
在梦中!
在梦中!
那个脑海中萦绕无数遍的美丽世界,
那个他们口口相传的神奇世界。

大自然,
披上了水晶的嫁衣。

屋檐上的冰凌,
是闺房的珠帘。
在冰的花园中,
热恋中的情人们浪漫漫步。

一缕明媚的阳光,
吻过,
冰晶莹的额头,
留下,
七彩的唇印。

我那双骄傲的翅膀啊!
你曾带我飞过缤纷的鲜花,
你曾带我飞过绿茵的草地。
可是,
我现在只想,
快快些,
快快些,
让你带我,
飞过这夏天,
飞过那秋天,

飞到,

那个有冰的时空!

让我在她温暖的怀抱中,

自由地飞翔,

忘情地舞蹈!

沉醉于她的纯洁,

她的迷人。

哪怕,

冰,

冻住我的翅膀,

哪怕,

风,

吞噬我的身体,

我都要飞到那里,

那个梦中的伊甸园。

于是,

夏虫,

可以语冰。

带着寂寞流浪

梦醒后,

我揉揉眼,

叹了口气,

把寂寞揣进兜里,

带着他一起,

四处流浪。

遇见,

幽深的山谷,

我纵情地歌唱。

天啊!

终于有那么多,

热闹的回音与我们相伴!

遇见,

他乡的圆月,

我尽情地舞蹈,

天啊!

终于有那么多,

热情的树影与我们共舞!

可是,上帝啊!

为什么,

我反而感到更加寂寞?

为什么,

我反而感到更加孤单?

好吧,

那就继续流浪吧!

直到,

在浩瀚宇宙的一个不起眼的拐角,

终于遇见,

那个同样带着寂寞,

四处流浪的你,

莞尔一笑,

伸出纤细的手，

对我说，

留下吧！

你的眼睛

从那里,
我能看到,
纯净的蓝色星空,
闪烁着星光,
温润而俏皮。

我能看到,
一缕朝阳的光芒,
透过青草上的露珠,
散出摄人心魄的斑斓。

我能看到,
一只白色的海鸥,
勇敢地掠过,

蔚蓝的大海，

激起阵阵，

爱的涟漪。

我能看到，

一朵圣洁的白莲，

羞涩地探出清澈的湖面，

轻轻地亲吻蓝天，

和白云。

我还能看到，

一朵晶莹的雪花，

欢快地哼唱着，

《天鹅湖》的舞曲，

在空中，

曼妙地舞蹈。

你的眼睛，

是一面神奇的透镜，

折射着，

一位天使的，

心灵。

烟花璀璨

你,

和我,

命运紧紧绑在一起。

华美的外衣,

包裹着我们沉睡的黑色身体。

瞬间我们被点燃,

像离弦的箭,

追逐夜空的黑色。

生命随之醒来,

爆发,

绽放,

一朵朵烟花,

在空中尽情地舞蹈,

将夜空浸染成一种颜色,

名叫,

绚烂!

然而,

烟花易逝,

转眼坍塌成一团团迷雾,

还有从空中被命运丢弃的残骸,

坠落地面时那噼里啪啦的声音,

似乎哀叹着时光短暂。

但他并不知道,

刚才那一幕昙花般的璀璨,

早已史诗般的,

赫然镌入观者的心中,

成为,

永恒。

踔厉前行

党的二十大,

看那人民大会堂的党旗多么鲜艳!

多么傲人!

"三件大事",

让世界无比震撼!

"三个务必",

让人民无比信任!

一群激情澎湃的共产党人,

在总书记的领导下,

正擘画一幅波澜壮阔的未来画卷。

那画卷上的生活,

多么美好!

多么令人向往!

多么让人沉醉!

又多少次曾在梦中遇见!

那画卷上的太阳,

爆发出新时代的光芒!

那光芒,

多么耀眼啊!

她驱散了无数的魑魅魍魉,

照亮了祖国前行的道路!

这时,

一个铿锵有力的声音,

在灯光璀璨的会场中回荡,

像一首高亢嘹亮的歌曲,

冲破云霄,

传遍整个华夏!

那一句,

"守江山,守的是人民的心",

温暖了多少人的心啊!

又湿润了多少人的眼睛啊!

视线逐渐模糊,

但中国式现代化的画面却逐渐清晰!

冲锋的号角,
再次吹响!
同志们,
让我们携起手来吧!
管他什么电闪雷鸣!
管他什么暴风骤雨!
让我们向着中华民族伟大复兴的方向,
踔厉前行!
前行!
前行!

平江花月夜

(古词版)

　　花开一夜,一叶花开。夜夜花挽月,月月夜伴花。

　　花中月愈明,月中花更馨。闭月花掩袖,羞花月遮襟。

　　明月藏花成新蕊,花吻明月染红印。

大暑盼秋

大暑忽来，夏日将去，盼秋风送爽，欲与红叶共舞。

秋弦月，雨潇潇，夜苍凉，却得伊人笑，伴桂花飘香，道风景独好。

古 巷

你,
在这个古巷迷失了方向,
而我,
在你面前迷失了自己。
你撩起的长发,
拨动了我的心弦。

你转身离开,
只留下一个被荷尔蒙束缚的,
一动不动的木偶,
和一个被你的美丽,
浸染过的古巷。

海河霓虹

一点点霓虹,
烘托出你美丽的容颜。
你清澈的眼神,
穿透了海河的夜,
把依恋的种子撒落水面,
只留下阵阵涟漪,
漂向远方。

再见,大海

你离开了,

但大海,

留下了你的倩影,

她用拍打的浪花,

在不停地呼唤你,

说,期待着下一次的邂逅。

一群海鸥在你身后,

金色的夕阳中,

拼命地追逐,

只为送别,

不期而遇的女神。

而你,

回眸一笑，

深情地说，

再见，大海！

月色美酒

我将月色轻轻揉碎,
酿成一壶美酒,
馥郁醇香,
名曰婵娟,
一饮而尽。

倏忽间,
记忆中的你变得清晰,
世界开始变得美好。
依恋!
在阵阵酒香中疯狂地舞蹈!

迷幻中,
薄若蝉翼的月色,

将你的脸颊染上两抹羞涩的绯红。

我刚想伸出手去轻抚,
一切却在朦胧中,
慢慢褪色,
缓缓消逝。

银河春茶

离别之夜,

醇酒微醺,

睡意蒙眬,

恍惚间,

我急忙飞上天去,

采摘星茶,

只为更清晰地看清你。

我将星星们捧进月亮茶锅里炒醒,

再拌上月桂,

泡成一壶好茶,

清香淡雅,

名曰银河。

慢慢品味,

头脑中的你逐渐模糊,

而眼前的你,

却逐渐变得清晰。

那是,

两滴泪珠,

挂在你可人的面容上,

像星星一样,

闪着光。

稻草人与主人

你,
我亲爱的主人,
我爱你。
你是我的上帝,
我的神,
我的主人。

是你赐予了我这伟大的生命,
这英俊的脸庞,
和这矫健的身躯。
我头戴斗笠,
身着簑衣,
手持利剑,
在风中威风凛凛,

守护我这神圣的金色国度!

多么光鲜的外表啊!

多么令人羡慕的人生啊!

但同时,

主人,

其实,我好恨你!

为什么这么狠心抛弃我?

将我扔在这荒郊野外?

为什么将我牢牢钉在这十字架上?

让我永生困在这里?

夜幕降临的时候,

就是我无限孤独的时候。

我多么想见到你,

让你再轻轻抚摸我的头,

笑着说,

傻孩子!

我多么想给你哼唱我为你写的歌谣,

看到你点点头,笑着说,

不错啊!

我多么想在你弯腰收割麦子的时候,

帮你捡起那掉落的金色的麦穗,

看你脸上露出欣慰的笑容,说:

真棒啊!

我的主人,

我真正需要的,

其实只是你的陪伴,

你那温暖的陪伴而已⋯⋯

拜托,请留下那枚戒指

你要走了,
我说,
拜托,其他你都可以拿走,
请千万留下属于我的那枚结婚戒指。
你说留在那里呢!

我奔跑着回到我们曾经的爱巢,
这个曾经温馨的世界,
已经变得空空荡荡,
变得冷冷冰冰。

衣柜中你的衣服消失了,
为什么不都带走?
为什么还要留下衣服上你那馨香的气息,

让我魂不守舍？

你的照片都不见了，

为什么不都带走？

为什么还要留下我们在海边快乐的合照，

让我独自心痛？

你的文件都没有了，

为什么不都带走？

为什么还偏偏要留下我用心写给你的情书，

让我黯然神伤？

还好，

我在保险柜里找到了那枚戒指，

那枚结婚时的戒指。

没想到再次拿起，

已是离别。

我把它放在耳边，

又响起了那温暖而幸福的声音，

你愿意嫁给他吗？

不管贫穷还是富有，

不管……

我愿意!

你愿意娶她吗?

不管健康还是疾病,

不管……

我愿意!

亲爱的,

虽然我们已经分手,

如果现在再问我一遍,

我还会回答,

我愿意!

我愿意!

我愿意!

还好,

你把你那枚戒指带走了,

我知道你还爱着我,

我也还爱着你,

不管你在哪里,

我都衷心祝福你。

因为,

你还在我的心里!

而我,

也依然爱你。

秋雨落叶

小雨绵绵,

红叶满地,

迷人的秋色洒满这整个世界,

也溢入了我的心里。

你,还好吗?

那一片片落叶,

是一页页日记,

写满了我对你的思念。

那一滴滴雨声,

是一键键琴音,

弹尽了我对你的爱恋。

秋风萧瑟,

曾经傲然的红色枫叶，

黯然飘零。

还好，

有秋雨做伴，

才没有那么孤单。

或者说，

其实，

这只是秋雨和落叶的爱情伊始。

不完美才是完美

为什么会有一个雀斑?

女孩儿躲在角落里无助地哭泣。

为什么只有我个子这么矮?

男孩儿藏在阴暗的房间黯然地自卑。

孩子们啊,

你们可知道,

世上哪里有完美?

一切所谓的完美都是骗人的谎言。

即使光明如伟大的太阳,

也有黑色的斑点。

即使娇艳如芬芳的玫瑰,

也有锋利的尖刺。

其实,

不完美才是完美。

快看吧!

正因为有尖刺的存在,

玫瑰花才能保护自己免于坏人的蹂躏,

才能考验那些恋人们是否愿意冒着被刺的风险,

去爱。

正因为有太阳黑斑的存在,

它激发的电子流才为我们的世界带来了美轮美奂的,

极光。

不完美,

是世界上最伟大的独特存在,

只要用自信的火焰去点燃它,

它一定会激发出你无穷的能量,

让你散发出更大的魅力。

而且,对彼此不完美的包容,

也会让恋人们之间的爱情更加真挚,

更加纯粹。

不完美，

才是，

真正的完美。

流浪的流星

流星啊!
你本是丑陋无比的黑色陨石,
你本在宇宙的黑暗中漫无目的地流浪,
如同无人问津的天涯过客。
自由和散漫才是你的天性,
你本应和你的其他兄弟一样,
继续在宇宙中流浪,
在黑暗中永生。

但是,
当你与我们的地球邂逅时,
明知危险,
你却非要飞蛾扑火般,
投入她的怀抱,

然后,

像烟花般绚烂壮丽,

点亮整个夜空。

也许,

你累了?

也许,

你触动了?

也许,

这才是你流浪的归宿?

也许,

这才是你梦中的伊甸园?

你用自己的生命,

只绽放了一瞬间的美丽,

这比昙花还短暂的美丽。

当然,

还有几声,

恋人们那兴奋的呼喊,

和诗人们的赞叹。

但是，

你那烟花消散前欣慰的笑容，

似乎在说，

一切都很值得。

终于，

告别了孤独，

告别了丑陋，

告别了黑暗，

换来了，

人们注定要珍藏在心底的，

美丽的永久回忆，

还有，

人们对你那无尽的，

爱。

飞盘爱情

小小的飞盘,

散发出荷尔蒙的强烈气息,

那是初遇的试探,

更是爱情的萌动,

是激情射出的丘比特之箭,

是一颗漂泊已久而期待安定的心。

小小的飞盘,

飞出去的,

其实,

是我的人生。

如果你接住,

便成了你的人生,

同时,

也是我们的人生,
我们的未来。

小小的飞盘,
轻盈而快速,
像极了那缘分,
转瞬即逝。
错过,
便是一生的遗憾。

所以,
你,
能接住吗?

破碎的镜子

昨日,
曾经心爱的那朵玫瑰,
用刺戳中了我的心,
就像被石子击中的镜子,
碎了一地。

无数的碎片,
映射出,
无数个我,
无数颗心,
或勇敢,
或怯懦,
或专注,
或浪漫。

我曾小心翼翼，
试图用胶水将它们粘连，
然而，
无数次尝试，
无数次破碎。

今天，
亲爱的，
你像天使一样，
闯进了我的世界，
带来了治愈的笑容和温暖的怀抱。

但，
我却不敢面对未来，
想到我们的未来，
恐惧充溢了我的身体。

我不害怕再一次破碎。
我唯一害怕的，
是破碎的镜片，
会划伤你——
我心爱的人。

那一眼

只因那一眼,

喧嚣的世界,

立刻变得宁静,

宁静得可以听到雪落的声音。

只因那一眼,

安分的心,

刹那间变得躁动,

躁动得像突然发现花蕊的蜜蜂。

只因那一眼,

一切都失去了颜色,

只有你,

还在那里发出彩虹般的光芒。

只因那一眼，

风儿学会了温柔地歌唱，

花儿绽放出甜甜的微笑，

月儿也露出了迷人的妩媚。

只因那一眼，

世界彻底改变，

你不再是你，

我也不再是我。

只因那一眼，

时光在那一刻凝固。

目之所及，

都被装裱进时间的画框，

永远地珍藏在内心深处的，

画房。

分　手

分手,

多么令人心碎的一个词!

能否把它从词典中挖走?

然后,

我要把它揉碎,

将碎片无情地扔进大海,

在马里亚纳海沟,

随暗流陷入万米深渊,

那世界上最阴暗、最漆黑、最寒冷的地方。

那是它最好的归宿,

正如它自己,

一样的阴暗!

一样的漆黑!

一样的寒冷!

当然,

那里还有超强的水压,

就像佛祖用来压孙悟空的五指山,

让它永远不能再现人间,

给世人带来无尽的,

压力和痛苦。

分手良药

分手后,
痛苦如生病。
什么是良药?
也许,
唯一的良药,
就是,
没有花开,
就没有果实。
没有开始,
就没有结果。
所以,
没有牵手,
就没有分手。

亲爱的，

我们是否可以，

只将对彼此深深的爱恋，

藏掖于心？

或许，

才可以得到，

那梦寐以求的，

甜蜜的，

没有痛苦结局的，

一生厮守。

可是，

这是痴人说梦？

还是胆小如鼠？

抑或，

这仅仅是逃避责任的，

游戏人生？

当风吹过

当风吹过大海,
掀起了一片波澜,
那,
究竟是笑脸,
还是皱起的眉头?

当风吹过金色的稻田,
留下一片凌乱,
那,
究竟是丰收的喜悦,
还是对于蹂躏的怒骂?

当风吹过十里桃花,
无数的花瓣在空中狂舞,
那,

究竟是生命终止之前的痛苦挣扎,
还是获得永恒自由后如精灵般快乐的舞蹈?

当你吹过我的世界,
我的心,
竟流下了一滴眼泪,
那,
究竟是幸福的流淌,
还是痛苦的挣扎?

不管怎样,
我的心,
都无比的疼痛,
因为,
失去了那曾经拥有的极致美好。

上帝啊,
我多么想知道,
如果被风吹过的心会痛,
那么,
风,
也会痛吗?

爱情振动

多么奇妙哦!
物理学家们言之凿凿,
世界的一切都是由振动而生。
弦的振动,
产生了物质。
脑电波的振动,
产生了思想。

而我也看到,
蝴蝶振一振翅膀,
龙卷风就会呼啸而来。
秋天红色的枫叶在空中振动,
诗人的笔就会在白纸上流动。
《致爱丽丝》的钢琴曲在花园中与花瓣一起振动,

清丽可人的小女孩儿就会在花丛中翩翩起舞。

而你,
亲爱的,
只要振一振你那明媚眼睛上的睫毛,
我的心就会狂振不止。
你又振一振你那乌黑的长发,
我就会意乱情迷,无法自拔。

物理学家们说,
那叫共振,
嗯……
听说,
还有一个非常流行的美丽的昵称呢,
叫作,
爱情。

孤独的早安

一句早安,

多么孤独,

没有亲爱的,

没有宝贝,

更没有比心。

冷冷的,

如同冬天里窗外的冰凌,

掉入我的心窝,

刺痛,

寒冷,

还有,

对自己的怨恨,

怨恨自己的无能,

怨恨自己的怯懦!

要如何?
亲爱的,
你是否已经开始犹豫?
犹豫我们一起前行的道路,
是否只是没有正确方向的盲游?
宝贝,
你是否已经开始厌倦?
厌倦我们日复一日的爱恋,
只是有花无果的木槿?
我心中的小兔已经开始慌乱地奔跑,
固若金汤的房顶也开始塌落碎屑。

亲爱的,
我爱你!
我们都要勇敢,
勇敢如闯入飓风眼中的一对蝴蝶,
一起优雅的起舞,
任他外面疾风骤雨,
只因爱恋的磁场,

牢牢把我们彼此的人生吸引。

即使宇宙爆炸，

也无法将我们分开。

亲爱的，

拜托，

当明天太阳升起的时候，

在早安前面，

请加上一个简单的前缀，

或者，

给我一个比心。

因为，

它真的会温暖，

整个世界，

我们两个人的世界。

遇 见

当风儿遇见春天,
花儿就会露出笑颜。

当圆月遇见远在他乡的你,
空气中就会溢满了离别的惆怅。

当谪仙遇见美酒和美人,
就会,
云想衣裳花想容,
而世界,
注定又要有一首诗,
千古流芳。

当流星遇见,

一对你侬我侬的情侣,

蓝色的星空上,

又会闪现一段动人心魄的誓言。

当我遇见你,

才发现世界竟如此美好!

而我的生命,

才刚刚开始!

纸飞机

小小的纸飞机，
从我的心启航，
飞机上只有一个乘客，
就是，
我对你的爱。
目的地也只有一个，
就是你的心。
亲爱的，
你会让这纸飞机停泊在你的停机坪上吗？
请千万不要让它空载返航好吗？

小小的纸飞机，
孤独地前行，
那风吹变了它的方向，

那雨打湿了它的机翼,

那火炙烤着它的身体。

它却什么都不怕,

只顾倔强地前行,

越过千山万水,

突破狂风暴雨。

因为,

小小的纸飞机,

有个小小的梦想,

只为住进你的心里,

只为载着我们的爱情,

一起自由地翱翔,

飞向那诗一样的远方。

抓住那个马尾

在你不经意间,
我抓住了你的马尾,
就像在岚雾弥漫的原始森林中,
抓住了或隐或现的精灵的翅膀。

那丝滑的触感,
仿佛触摸到了你的心房,
如电流般击穿我的堡垒,
战栗!
战栗中迎来了你羞涩的回眸一笑,
彻底融化了我的马其诺防线。

我抓住了那个马尾,
仿佛捉住了整个世界,

刹那间，

天上的乌云无影无踪。

你的马尾，

化身成一道彩虹，

将我与未来联系在一起，

顺着那顺滑的彩虹滑梯，

我滑向了期望中的，

美好！

落叶的树

看着满地的落叶，
我以为树亦戚戚焉，
却没有，
他冷漠地俯视这一切，
仿佛这地上所有黄色的褶皱，
只是他又一次蜕下的皮囊，
而另一次重生，
很快就会到来。

抖音中的我

我盯着抖音中的自己,
那不就是,
时光宝盒中珍藏的过去的自己?

一个念头,像流星闪过,
我突然浑身战栗。
会不会,
有一个未来的我,
此时,也在某个角落里凝视着,
现在的我?

火车人生

不同的人生在这里交会,
如同时空的枢纽。
谢谢你陌生人,
能陪我一段路程,
共同欣赏窗外美丽的风景。

旧人下,
新人上,
在我的生命里来了又去。
还好不会心痛,
因为我们并不认识。

这轨道,
是安全感的源泉,

因为它只有那一个目标,
而且一定会顺利到达,
甚至那轨道摩擦的嗡嗡声,
竟然让我更能安然入眠。

这是火车上的人生,
如果是人生,
那该有多好!

水中月

世间有两个月亮,
天上的月亮高不可攀,
水中的月亮却触手可及。

我更喜欢水中的月亮,
也许是那种更亲密的感觉,
打动了我。

我甚至可以弯下身轻轻地亲吻她的脸,
顿时,
爱的涟漪,
在夜色朦胧的湖面荡漾,
月色也随之慢慢弥散开来,
将世界染上了一种叫作温柔的颜色。

我想飞

我想飞,
飞向那片蔚蓝的星空,
想问问星星们,
那些年我向你许下的那些愿望,
到底什么时候才能实现?

我想飞,
飞向那皎洁的月亮,
想问问嫦娥,
能不能邀请你跳支舞?

我想飞,
飞向那晨起的太阳,
想问问她,

今天为什么没有戴那七彩的纱巾？

我想飞，

飞向那耀眼的北极星，

想问问他，

为什么我在生命中总是找不到方向？

我想飞，

飞向那璀璨的银河，

想问问银河的主人，

能不能搭一座永久的桥，

让牛郎和织女永远在一起？

我想飞，

飞到那宇宙时空的尽头，

想问问时间老人，

生命的意义究竟是什么？

爱与被爱？

放　手

亲爱的，
我可以放手，
但，
有个条件。

那个人必须足够爱你，
知道你对花粉过敏，
不会任由你去花园。
知道你喜欢发脾气，
不会对你有一点烦躁。
知道你胃不好，
不会纵容你吃冰激凌。

亲爱的，

我可以放手，

但，

有个条件。

请允许我，

我还能在远方默默地守护你，

凝视着你。

亲爱的，

你现在，

还好吗？

他，

对你好吗？

小雨轻轻地落下

小雨,

轻轻地落下,

落在我们曾经携手漫步的开满荷花的湖面。

那簌簌簌的声音,

恰如你在我耳边的呢喃。

我不觉陷入了甜蜜的回忆,

正如,

那落雨在湖面上产生的涟漪,

向周边泛开,

一圈,

一圈。

小雨,

轻轻地落下,

落在我们曾经挽肩避雨的,

长满青苔的屋檐上。

那清脆明快的声音,

恰如你欢快的笑声。

我也不觉露出了傻傻的微笑,

往事,

如慢慢铺开的泛黄的画卷,

一页,

一页。

小雨,

轻轻地落下,

落在我的面颊,

恰如,

你给予我的那轻轻的初吻,

伴随着我的心跳,

扑通,

扑通!

我蓦然回首,

在氤氲的烟雨中,

你的面容和身影，

恰如刚刚洗过的胶片，

慢慢清晰地浮现。

我好想抓住你的手，

你却又随风逐渐消散。

小雨，

轻轻地落下，

落在了，

我的心上。

孤独的路灯

入夜,
黑暗中,
矗立着一盏路灯,
坚强地闪烁,
将无边的孤独,
洒落,
庭院的每一个角落。

夏风吹过,
树叶婆娑,
将无尽的思念,
抖落,
在风中,
让她带到远方,
带给远方的人儿。

窗外的彩虹

雨后,
奔驰的高铁上,
寂寞,
伤感。
蓦然抬头,
一道彩虹,
挂在雨水打湿,
好似流泪的窗户上。

亲爱的,
你也要搭乘火车吗?
只为与我一路同行?

或者,

这是你送来的彩色邮票,

只为将那些缠绕在你脑海的,

我们甜蜜的过往,

邮送给我?

还是,

你依依不舍,

送来的,

离别的吻?

落 叶

秋天,
无数的黄叶在风中飘零,
将伤感洒落大地,
一片凌乱,
引得诗人悲凄,
世人感伤。

然而,
光秃秃的树,
却露出了一丝丝微笑。
因为,
只有它才知道,
事情的真相。

落叶!

对!

只有落叶!

才能让它安全地度过,

那饥渴而且寒冷的冬天,

漫长的冬天!

迎来又一个怒放的,

青春!

稻草人的爱情

你在那里,
我在这里,
我们就像并行的铁轨,
守护着各自的麦田。

还好,
白天开心时能与你分享,
还好,
夜晚孤寂时能有你陪伴。
谢谢风儿,
只有风吹过的时候,
我们才能互诉衷肠。

我曾梦想过,

屈膝向你求婚，

但显然，

屈膝对于稻草人来说，

是一个遥不可及的梦想。

然而，我想对你说，

亲爱的，

那金色的麦浪，

就是我送你的婚纱，

我好爱你。

我让鸟儿衔走落在我身上的麦叶，

放到你的无名指上，

那就是我送你的求婚戒指。

亲爱的，

你愿意嫁给我吗？

我希望我们永远在一起，

永远互相守望。

但我知道，

这是更加遥不可及的梦想。

因为,

麦子快要成熟,

我们的使命行将完成,

收割机已经磨刀霍霍,

魔鬼已经张开了血盆大口,

开始无情地咆哮。

而我们的婚礼,

还没有举行。

冲我来吧!

我无所畏惧,

只是心疼你,

我的爱人。

在这个时刻,

我只希望,

你能比我更多一分钟,

矗立在这个世界上。

我只希望,

能再多看你一眼,

我美丽的新娘。

左 转

月色迷离，
路灯的光线微弱，
在风中摇摆，
凌乱着这世界的一切。

而你的步伐，
却似乎突然坚定而迅速。
那铿锵的脚步声，
击碎了夜的宁静，
幻化出团团迷雾，
伴随着我心中的，
不安与期盼。

你穿越了迷雾，

到了世界的尽头，

我期待着你右转，

因为，

那是家的方向，

也是我心安的方向。

可是，

却没有！

左转！

左转！

毅然地左转！

刹那间，

我听到了自己，

呼吸急促的声音！

很快，

我还听到了，

两颗心同时心碎的声音！

只因为我看到，

左边的长椅上，

孤坐着一个你！

你那娇小的背影，

我无比熟悉，

而此刻，

又无比陌生。

无穷的伤感，

氤氲在浓浓的夜色中。

闪落天使

你是一个天使,
今晚降落在我的世界,
给我一个微笑,
照亮我,
然后挥挥翅膀,
飞走了。

留下一片伤感,
一片凌乱,
和不知所措。

给我希望,
又给我绝望?
为什么?

流星划过

你是一颗流星,
划破我的夜空,
刹那间,
夜如白昼,
驱散了阴霾和寒冷。

但流星转瞬即逝,
又恢复了黑暗,
甚至更加黑暗,
更加寒冷!

流　沙

你是一把海边的白沙,

莹洁无瑕,

温润细软,

散发着海的灵光。

我紧握双手,

好想把你留下,

但可恶!

攥得越紧,

流得越快!

最后,

只能眼睁睁的,

看着你,

从我手指的缝隙溜走,

不留下,

一枚沙粒。

幸 福

你笑了,
那幸福,
像喷薄而出的鲜奶,
溢满整个世界。

我沉浸在那,
白色的、丝滑的、略带甜味的时空里,
陶醉着,
贪婪地吮吸着。

我的每一个细胞都充盈着,
那种不可自拔的感觉,
像开启了盛大的派对,
在快速地膨胀,

在欢快地跳舞，

在嘹亮地歌唱。

你笑容绽放的时候，

就是春天，

明媚能够安抚我的心灵。

你的笑声，

带给我幸福，

轻轻地敲打着，

我的窗弦。

月亮上的浪漫

天啊,
天上的月亮,
怎么变成了蓝色?
傻瓜,
那是我们的地球,
是我们过去的家园。

那月亮去哪了?
笨笨,
我们就在月亮上,
月亮就是我们的新家。

来吧!
去月亮湖看蓝色的月亮,

映入开满荷花的湖面，

那是地球的倒影，

以另一种方式守护着我们，

带给我们蓝色的浪漫，

重拾先人的记忆。

来吧！

去看看湖边的花圃，

那里为你新种了满园的玫瑰，

馥郁的香气，

是不是让你想起了我们的初遇？

亲爱的，

我们以后就生活在这里，

那个你儿时凝望向往的月亮。

如果你想念家乡，

就看看天上，

那蓝色的月亮，

家乡的朋友在向我们招手。

再吟一句"月是故乡明"。

只不过,

月亮,

已经变成了我们的,

故乡。

彩 虹

啊！
天上的那道彩虹啊！
你可知道你有多美？

你是雨后的烟花，
绽放着无限的美丽与希望。
你是天空哭泣后的笑脸，
给我们受伤的心灵以慰藉。
你是晶莹的水珠在光下的画作，
水珠有多么纯净，
你就有多么缤纷美丽，
亦如，
人的心灵有多么纯真，
生活就有多么精彩缤纷。

彩虹啊！

你是爱的鹊桥，

一头在她的心里，

另一头在我的心里。

彩虹啊！

你是梦的媒介，

一边在她的梦里，

另一边在我的梦里。

当心与心相印，

梦与梦相通时，

就变幻出了一片爱的湖泊，

湖面映射出你的倒影。

于是，

你便成了一枚爱情的戒指。

你愿意嫁给我吗？

我，

愿意！

啊！
天上的那道彩虹啊！
你，
真的好美！

风　铃

一个老院,
恬淡而寂静。
一枚风铃,
在窗弦上酣睡。

一阵风儿吹来,
吹动了风铃的裙摆,
风铃响起了悦耳的声音!

你惊喜地跑出门外,
忘却了掉落的镜子,
凝视着风来的远方,
期盼着,
期盼着。

风铃在风中摇曳着,

那,

是我对你的拥抱。

亲爱的,

我好想你!

风铃在风中鸣唱着,

那,

是我对你的呼唤。

亲爱的,

我好爱你!

相遇就不要错过

相遇,

是美丽的缘分。

在茫茫人海中,

你我相遇,

就像花儿遇到了春雨,

就像春雨遇到了彩虹,

彩虹有多美,

相遇就有多美。

相遇,

是爱情的伊始,

四眸相对,

心之所向,

梦之所倚。

世界在那一刻凝固,

凝固得身体都无法动弹。

世界在那一刻静谧,

静谧得只能听见彼此的心跳。

那心跳的声音,

是幸福的歌唱。

相遇,

是心与心的共鸣,

是梦与梦的穿越,

是千年的修炼,

换来的缘分。

所以,

相遇就不要错过!

要用尽勇气去追寻她,

哪怕前面刀山火海!

哪怕最后遍体鳞伤!

相遇,

就不要错过!

黑色的夜

黑色的夜,
你是如此地让人恐惧。
因为他们说,
传说中的鬼魅,
只在夜间潜行。
你又是如此地令人厌恶,
因为他们说,
你的黑暗,
吞噬了一切的美丽。

可是,
黑色的夜,
我却如此地爱你!
没有你,

哪里来的月下的浪漫？

又如何在流星雨下盟下爱情的誓言？

没有你，

极光如何浮现？

昙花又如何绽放？

黑色的夜

我是如此地爱你，

因为你，

人们才有机会，

去体验一趟心灵的奇旅——梦。

黑色的夜，

正因为你的不可见，

人们才知道珍惜白天的可见。

正因为无法用眼睛看见，

人们才知道用心去"看"。

黑色的夜，

你是那样的黑暗，

却又闪着如此耀眼的希望之光，

照亮生命前行的方向。

夏天的风

悄悄地,
悄悄地,
夏天来了,
温柔的暖风,
轻拂你的脸庞。

就像一杯红酒,
扰人心房,
痒痒的,
脸颊变得绯红,
眼神也变得迷离,
绯红的是无力的抗拒,
迷离的是甜蜜的沉沦。

在沉沦中,

刹那间,

夏风裹挟着暴雨狂奔而来,

雨水狠狠地拍打着额头,

冷冷的,

酒醒了,

视线逐渐变得清晰,

你也慢慢看清它现在的模样。

是黑暗!

是冷酷!

是暴虐!

你也感受到了,

无助!

无奈!

绝望!

在绝望中,

蓦然,

夏风一声狂暴的怒吼,

撕碎并赶走了最后一片乌云,

于是,

天空变得像爱琴海一般的湛蓝。

只留下,

一枚希望的印记,

一道美丽的彩虹。

叹息之桥

那是，
巴洛克式的穹顶，
连接着过往与未来、自由与桎梏，
连接着放荡不羁的微笑与遗憾悔恨的泪水，
连接着爱人的温暖与地狱的冰冷。

这桥，
是一道彩虹，
人世间的酸、甜、苦、辣就是她的色彩。
色彩浸染在每一个见过她的人的心中。

他，
被无情的槌声逐出法庭。
他，

如行尸走肉般走在叹息桥上，
走向那幽深的死牢。
撒旦在那铁窗后面，
贪婪地看着他，
露出了可怖的笑容。

他，
却毫无惧色，
报之以微笑。
因为，
早已心如死灰。

官人问，
不再看一眼吗？
不然，
没机会了。

他不屑地转身向桥下扫了一眼，
冷冷地面对着这熟悉而又陌生的人世，
再无半点留恋。
忽然他惊呆了。

他发现,

桥下一只贡多拉迎面驶来,

蓝色的贡多拉!

那威尼斯唯一的蓝色贡多拉!

顿时,

泪流满面。

那无比亲切的蓝色,

勾起了他浪漫而悲伤的回忆。

船上的人儿,

闪闪发光,

一道闪电直击他的心脏。

那是她?

是她!

他的恋人!

他的爱人!

那个他以为早已去世多年,

曾经与之在桥下的船头拥吻的爱人!

那个他为之可以付出生命的人!

那个他在这个世界上曾经的,

现在的，

未来的，

唯一的，

还在牵挂的人！

四目相对，

她怔怔地看着他，

那双明媚的眼睛，

闪着泪光，

思念？

怨恨？

爱恋？

然后，

她大喊着他的名字，

双手张开，

想要投入他的怀抱。

他再也按捺不住，

大喊着，

哭叫着，

像个孩子，头不停地撞在桥窗上，

鲜血霎时染红了玻璃。

悔恨？

遗憾？

依恋？

走吧！

官人说，

时间到了！

他清醒过来，

浑身战栗，

张开双手，

紧紧地隔空拥抱他的爱人。

说了一句……

然后，

转身径直走去，

脚步十分轻松又十分沉重。

身后只留下，

一声叹息。

世人迷惘中，

只有女孩儿清楚地知道，

他的遗言：

亲爱的，

嫁人吧！

我爱你！

女孩早已泪流成河。

蓝色的贡多拉载着女孩儿，

继续向前方驶去，

穿过叹息之桥，

桥下留下了，

她的哭声，

悲戚的哭声。

哭声伴着洁白的海鸥，

在桥身盘旋、回荡，

久久不愿离开。

后来，

每一年，

在那一天，

都会有一个女孩儿，

乘着贡多拉，

娇小的身影独自在桥下，

黯然痛哭，

许久。

后来，

女孩儿变成了女人，

后来，

女人又变成了老人。

而唯一不变的，

是那贡多拉的蓝色，

像女孩儿的眼睛，

还是那么湛蓝，

那么浪漫，

那么迷人，

那么忧郁。

直到有一天，

老船夫，

顶着妻子的责骂,

人生中第一次空舟而行,

来到桥下。

不!

舟上其实有一位特殊的客人,

那是一枚银质的蝴蝶结发卡,

被船夫按照主人的遗愿,

慢慢地,

慢慢地,

投入了叹息桥下,

河面泛起了阵阵涟漪。

涟漪轻轻地,

轻轻地,

拍打着死牢的墙壁。

仿佛听到了一个女孩儿在痛苦地、

令人心碎地呼唤,

亲爱的,

回来啊!

回来啊!

快回来啊!

那斑驳的长满苔藓的老墙,
突然发出回声,
呜呜呜!
呜呜呜!
仿佛在哭泣着,
无比悲伤地答道,
傻丫头,
为什么?
为什么?
为什么等我一生?

然后是,
一声叹息……

邂 逅

嗨,

那个你,

在哪儿呢?

快!

让我们来场邂逅吧!

在苏州小园的木廊中!

在平江路的石桥上!

在西湖明月下的绿柳旁!

在北方夜晚里飘雪的路灯下!

在江南古镇滴雨的屋檐下!

在开往春天的火车上!

在开满玫瑰的花海中!

期待着，

你不经意地蓦然回首，

与我双眸对视的那一刹那！

那明媚的眼神，

瞬间点燃我沉睡的灵魂，

也照亮了我未来的人生！

亲爱的，

我会倾尽我所有的勇气和爱来拥抱这次邂逅！

哪怕证明这终归是一场令我心碎的冒险。

毕竟遇见你，

人生足矣。

嗨，

那个你，

在哪儿呢？

快！

让我们来场邂逅吧！

四季之恋

冬天的雪,

飘落你的心头,

化作一滴春天的眼泪。

夏天的风,

轻拂你羞涩的脸颊,

染红了秋天的枫叶。

姥姥家的红枣树

雨夜,

姥姥家的窗外传来啪啪啪的声音,

那是红枣连同嫩绿的叶子,

落了一地。

八角虫畏缩在枣树的枝丫上,

我匆忙跑出了老屋,

茫茫的夜色中,

姥姥笑着伸出她那枯皱的手,

将一把带着温度的红枣塞到我的手心里,

嗯,

甜甜的,

是儿时的味道。

然后,

我醒了，

梦中的雨打湿了我的枕巾，

还有，

我的脸颊。

秋月夜

中秋的月,
是圆的。
可是,
我的爱人,
你在哪里?
我好想你。

月亮对大地的依恋,
都尽染在这海河醉人的夜色里。
而我对你的想念,
都融化在这皎洁的月光里。

不!
我不能想你!

想你,

只会让我的心更痛苦!

不!

我不能念你!

念你,

只会让我的心更孤单!

我跑到葡萄架下,

哦,

说悄悄话的牛郎织女还在这里,

我让他们将我对你的思念,

带给你,

那梦中萦绕的你。

我跑到海边,

哦,

一只落单的海鸥还在那里,

我让它衔上我的一个吻,

带给你,

飞向那海上的明月。

月亮慢慢地，

慢慢地溢出了你的笑容，

羞涩的，

甜蜜的笑容。